제비꽃, 하늘을 날다

제비꽃, 하늘을 날다

정량미 시집

불교문예

차례

제2부 하늘을

제3부 날다

제1부

제비꽃

불면

또다시 찾아왔구나
불면의 밤

퉁퉁 부어오르는 낯선 내 눈동자 속에
갇힌 너의 그림자를 본다
철학을 이야기하고
랭보를 사랑하는 가슴,
끊임없이 자유를 외치는
거만하고 옹색한 입술

벌거벗은 아침을 기다리다 지친
너의 십자가

저녁 한때

쏟아지던 햇살을 거두기 시작한
하늘 속으로 잦아드는 바람 한 자락

빈 들녘 사이로
재잘거리는 이름 모를 산새들이
호들갑스럽게 날갯짓한다

어느새
아버지의 쇠죽솥에선
구수한 연기가 피어오르고

붉은 노을 어여쁜
내 어머니 장독대에서 들리는
맛있게 익어가는 소리

잊혀진 줄 알았던 그 하늘
바람 한 자락도 옛정을 못 잊어
쉬어가는 저녁 한때가
따스하게
쓸쓸한 가슴속으로 젖어든다

3층

내 앞엔
하늘과 나무뿐
아무것도 없다

잎새는 열두 개
하늘은 회색

눈은 비로 뿌려지다

전선 위의
무거운 침묵

보이지 않는 곳에서 들리는
자동차 소리

3층으로
올라오는
남자의 구두 소리

칩거

땅굴을 파다

부실한 자갈투성이 사토
가장 깊숙한 곳으로
들어가 누웠다

기름진 포식을 하고
퉁퉁 부어오른
뱃가죽의 뻔뻔스러움

불빛도 없다
깜깜하고 축축한
그대도 없는 현란한 사랑

배반당하는 목소리가
간헐적으로 들리고
음악도 죽었다

시간은 멈추고
계절 어디쯤에서
협상을 한다

날짜도 없이
또각거리는 일기장에
묶여있는 우리의 봄

가끔 멍 때리기

음악을 틀었다

이따금 해를 덮치는 구름의
응큼한 웃음소리가
섞여서 들렸다

그때마다
의자에 맡긴 몸이
깜짝 깜짝 놀랐다

제법 짜릿한 바람

발라드에서 댄스곡으로
다시 옛 팝송
햇살이 비치더니

비가 내렸다
미처 어쩌지 못한 채
내 마음이 흠뻑 젖었다

작정했던 단단하기로 한
나의 가을이
울컥하고

파랗고 높은 하늘이
등을 토닥인다

갇힌 들꽃

울적한 마음
목적 없이
한참을 헤맨
사거리 중간쯤

서러운 울음 하나
두발을 붙잡습니다

깨끗이 닦인 유리창 너머에
펼쳐진
들꽃 세상

간절한 눈으로
쳐다보는
이름 모를 보랏빛 꽃잎

소리 없이
떨어지는 3월

이별하는 밤

하늘도 참 맑다
달빛을 길어 올려

당신 가시는 길
밝히는 환한 꽃이 되리라

내가 그대인 듯
그대가 나인 듯

서로 속에 들어가
그렇게
하나가 되는

찬란

지난밤에 나는 죽었어

또 하나의 내가
사라졌어
그처럼 철이 없어 비 오는 날
땅을 밟았던 맨발,
이제 곧 그리워지겠지

자유를 외치던
마른침 넘어가던 소리가
계절 하나를 보낼 때마다

노트에다 그려 넣은 바람
그 색이 무슨 색이었는지

울지도 못하는
산수유 같았을 네 꿈
지천에 피어 밤길도 환하다

어떤 이별의 인사말도

생각해내지 못하고
허물어지는
그녀의 오목한 마당 한쪽

제비꽃 하나가
날개를 펴고 날 준비를 한다

그럼에도 불구하고

코스모스, 휘파람 소리를 내며
9월을 짓습니다

초승달 문 앞에 서성거리고
벗어놓은 신발은 그대 없는 빈자리

주문처럼 그 이름 나직이 부르면
오늘도 내 옆에 와 가만히 눕습니다

행여 꿈에서라도 만날까

저벅저벅 걸어오는 새벽
오지 않는 그대,

잠 못 이루는 오늘
여전히 난
그대가 그립습니다

촛불

나를 태우는 고통쯤은
참을 수 있어요

바람이 다분히
내 생명을 쥐고 흔드는 것쯤
아무래도 좋습니다

하루쯤은
혼자서도 잘 견딜 수 있습니다

순간순간 떠오르는
그대의 미소와
나를 바라보던
따스한 눈빛이

방안 가득 반짝거립니다
숨길 수 없는
벅찬 사랑

이 사랑이

제일 무서운 것은

그대가 나를 꺼버리는 것입니다

상사화

그새 높아진 하늘을 봅니다
맑은 하늘이 너무나 깊은 까닭에 그대에게 묻습니다

내 안 어디쯤 들어와 해맑게 웃는 당신

그리워 지샌 여러 날
빨갛게 부운 눈이
어지간히 부끄럽습니다

그래도 당신이 나직이 부르시면
그 넓은 가슴팍에

살짝 안기고는 얼굴 한번 들지도 못하고

환하게 환하게 꽃으로 피었습니다

살구

바람마저 먹은 저녁
긴 여름의 시작

그대가 오는 길

어깨에 둘러멘
남루하고 질긴 인연

한 번도 이기지 못하고
싸워보지도 못한
삶이 매번 두근거린다

당신 마음에 세 들던 날

더 이상
불행으로 가득 찬
발걸음은 무겁지 않다

입안 가득 퍼지는
당신 주머니에서
뜨겁게 달궈진

살구 두 알

가을비

어쩌자고
마냥 내리기만 하니
바람도 잦아들어

아무 소리도 없이
너는 자꾸만 젖어오는지
내 가슴에서
만드는 강물을

어찌 건너야 하는 걸까?

목구멍 속으로
자꾸 고이는
뜨거운 너를 어쩌면 좋다니

광장

하늘이
마지막 빛을 거둬드린
저녁나절엔,

도시의 광장은 늘 썰렁하다

찌들어진 네 가죽을 지닌
웃음 조각

광장은
언제나처럼 기다린다

커다란 몸짓으로
다가오는 검고 긴 그림자

고독이 내리고
광장은 절규 한다

별 하나 없는 섣달

당신을 보내고

모를지도 모릅니다

시간 흐르듯
가는 당신 그림자 속에서
제 모습을 보았습니다
어쩌면 오래전부터 알고 있을 그리움
당신은 서둘러
저의 슬픔을 밀치고
차마 말하지 못한 일이 있겠지만
주저 없이 가는 당신
하얀 서리가 내려
참 추웠습니다
어쩌면 잘된 일이라고
내내
마음 다독이고 눈을 감습니다

빈 하루가
드디어 끝나고 있습니다

땅이 말하다

모든 것이 쓰러진 저 빈 들녘에
홀로 깨어서
바라 본 하늘

너무도 투명해서
시린
반짝이는 별 하나

지친 그림자 안고
누운 땅들이 잠꼬대 한다

우린 설 곳 잃어
방황하는 사이,
커다랗고 막막한 그것들이
내 자식을 짓밟고 있어

너무나 많은 것을
빼앗기며 살아온 아버지의 땅

몇 백 몇 천의 부채를 안은 경운기가
내 고요를 깨는구나

면허증도 필요 없고
단속도 없는
술 취한 슬픔

눈 시린 하늘이
자꾸만 내게로 쏟아진다

노을

이윽고,
그것들은
서쪽으로
서쪽으로 걸어 들어가 사라졌다

편지

바람아 내 앞에서 멈추지 마라
그리운 님 소식 묻은 너
스치기만 해도
눈물이 난다

햇살아
그 부드러운 시선
내게서 거두어 주렴
화사한 내 님 미소

가슴속에 파도가 인다

싱그러운 풀잎아
그 노래 멈추어 주렴
다정한 어깨 기대어 듣던
반딧불 쏟아지던
그 여름밤

이제
다시 오지 못 할 그날

제2부

하늘을

구월 끝자락

잿빛 하늘이
나에게 말을 걸어주는 날엔

난 애써 침착한 척
도도한 눈으로
내게로 달려드는

차가운 빗줄기를 향해
외치고 또 외친다

몇 번을 소리쳐도
코웃음 치는 하늘은
보란 듯이

무수한 언어들을
일제히 쏟아부어 버린다

그 무게 감당 못하고
펼쳐든 우산 위에서
발버둥 친다

그새 구멍이라도 나면
큰일이다

더욱 차갑고 맹렬해진
깊은 가을로
내닫는

이 시간들,
저무는 구월 끝자락에서

나는 쏟아지는
무수한 단어들을
주워 먹기에
바쁘다

넘 배부르다

가을걷이

문득 바라본 하늘

어느새
저만치 높아진 그곳에서
금싸라기 같은 햇살이
일렁이는 생명들 사이로
가만히 내려앉는다

아버지가 날마다
져 나르는 꼴망태 속엔
날 부르는 소리가 난다

에 헤라~ 얼씨구나,
풍년이로세!
토실토실 익어가는
흥겨운 노래 소리

고향집

회갈색 모퉁이 돌면

거칠은 손마디
행주치마에
반가움 감추고

낮은 천정에
매달린 추억들,

사계절
아름답지 않은 계절이 없다

뿌연 안개
차디 찬 공기 속에서

날마다
내달리는
맑은 날에도
무지개 피는 작은 집

기도

꾸지 말아야 할 꿈
밤새 꾸었습니다

깜깜한 어둠이
왜 그리 눈 부시는지

내일이 창가에 턱 괴고
가엾은 귓가에
너무나 크게 들리는

새벽을 달리는
약속도 없는 마음 하나,
냉기 도는 방
웅크린 기도가

아무도 오지 않을
빈 아침을
또 맞고 서있습니다

51

내게서 나간 말

입 밖으로 나온 말은
나의 것이 아니다

어떤 이의 기쁨이 되기도 하고
슬픔으로 가슴을 찢기도 한다

그대의 말은 더 이상
당신의 것이 아니다

그것은 나의 귀를 길 삼아
내 가슴 파고드는
추억이 된다

마음에서 나온 사랑은
이제 설레이는 그리움이 아니다

그것은 봄비 내리는 날
우산도 쓰지 못하고

가슴 스산하게 젖어드는
조급한 기다림이다

그 사랑은
내 것이 아니므로
언제라도 바람처럼 흩어지리라

당신의 바다

이봐요,
당신 거기 있나요?

둥근 자갈들이 말을 해요
끊임없이
나를 불러들이고 있어요

몸속으로 자꾸 들어오는
파랗고 뜨거운 기억들
떨어지지 않아요

휘파람 소리가 나는
두터운 외투가
펄럭이는 저녁

당신이 가져온 바다가
작은 방안에서
출렁거려요

풍랑이 시작 되겠죠
당신은 사라질까요?
이봐요,

이제 그만

사랑해
사라졌다. 불빛에 새하얗게 반짝거렸던 그곳이
나도 모르게 다른 곳으로 변해 있었다. 벌레 먹은
잎사귀 몇 개가
바람과 신경전중, 힘없이 뚝 떨어졌다 부질없이
걸어서 이곳에 왔다.
네 살결 같던 꽃잎이 흐드러지고
남모르게 몇 번이나 그렇게 멀미나던 저녁
번호판 없는 자동차들이 손짓을 한다. 사랑해,
오래전에 잊었을 그 말 벌금고지서를 가슴에 부친
가여운 저녁이
내 발목을 붙잡고 놓질 않아
제기랄,
더 이상 불빛에 반짝거릴 하얗게 웃는 네가 없다.

발신번호 없음

말없이 전화가 끊겼다
내가 버튼을 누른다

비가 내리고 있다
노란 새싹들을 때리는
아주 세찬
네가

벅찬 네 목소리가 그립다

끝내 오지 않는 너,
차가운 커피를 마신다

내가
수화기 저편으로 멀어졌다

비밀

오후 3시
눈부셔 사라지는
그 여자

그대 사는 작은 창가
단단히 묶어놓은
연둣빛 커튼,

단숨에 걷혀버리는
그녀의 귀속에

앗, 통로가 보여요

어느 누구도 가보지 못하는
빛으로 가는 길

햇살이 그녀를 먹는 건지
내가 햇살을 마시는 건지

사랑

날마다 당신 얼굴 보고 파요
절대로 안 된다고 나무라지 말아요
내가 꾸는 꿈은 언제나 이어지는 현실
사랑하면서도 한 번도 고백 못한 슬픔

4월

나의 아침은
네게로부터 오는가

그 깊은 어둠으로부터
불사르는
찬란

잔인한 아름다움 되어

네 가슴에서
내 가슴으로
바람 불겠구나

어린 아이처럼
어깨를 들썩이며

우산 없이
꽃비 맞으러 가자

낡은 노랫말

아직 날이 저물지 못하고 있는데
그녀는 이부자리를 편다

겨울과 봄이 걸터앉은 창문이
괜시리 덜컹거리며
그녀의 이름을 부른다

환한,
소리 내지도 않고 시간은
깔깔거리며 지나가는 여고생들을
가득 채웠다가 금세
깔끔하게 비워내는
일곱 시 일분쯤의 골목 끝

눈을 감을까 말까 망설이는
그녀가
덜 익은 석류 같은 색깔로
저기요
하면서 손짓 하지 않을까

아직은 헤어 나오지 못하는
당신의 허리춤에
시린 손을 넣어 본다

손끝에 닿는 갈비뼈의 감촉
단단하면서도 따스하고
여전히 아름다워

낡은 노랫말을 목 아프도록 삼켜
허기진 잠을 채운다

그날

잊혀 질 줄 알았다
낡은 사진 같은
네 뒷모습,

먼지 수북한 달력에
환하디 환한
꽃으로 피어나는
너의 미소

잊혀졌다 믿었다
그렇게
안개 같은 여러 밤

은빛 넘치는
깊은 강을 건너
이별 하던 아침,

이마를 만지던
그윽한 눈동자가
그립다

다시 꿈꾸는
그날
벚꽃 휘날리던

해질녘

잠을 자렵니다

낮은 창가로 쏟아지는
저녁햇살

한줌 잡아
무서운 저녁 여섯시

그쯤에 다시 놓아주면
머리맡에서
반짝거려 주기를

바람의 허리 잘라먹은
감나무 그림자가
아침처럼 눈부시다

어쩌면,

한참 뒤
소스라질
혼자 있는 방

한밤중 불을 켜지 않아도
될,
시간에 눈을 떠

그댈 만나러 가겠습니다

잘 모르겠다

당신은 입안의 얼음 조각 같아
무심 한 듯 거칠고 부드럽고 시원하면서 따스하고
나에게 젖어들고 때로는 날카롭게 나를 찌르기도 하고

가슴이 뛰어

쮸쮸바에게

파란 하늘이
나를 내려 본다

칠월의 뜨거운 바람
불쑥 들어와 누우면

온몸 가득히
너를 삼킨다

목구멍을 타고 넘어가는
설국의 환한 불빛들

아름다움
머릿속이 어지럽다

나를 녹이는 달콤한 유혹
몸서리치는 불꽃

새끼발가락까지
나를 탐하는 너
이미 너의 포로

내 안에서
그렇게 오래도록
살아도 좋겠다

붉은 물

꽃이 피었어요
깊어진 초록

당신을 만나고
돌아오는 가슴에

꽃이 한가득 피었어요

그 붉은 꽃은
그리움으로 가득 찬

심장의
거친 숨소리를 들어요

당신은 가고 없는데
피었다가
시들지 못하고

자꾸만
붉은 물 들고 있네요

제3부

길

길은 그저 길이외다
한발 내 딛고
한발 물리는 되풀이

길은 자신이외다
한번 웃고
한번 슬퍼지는 세상살이

길은 단순한 인연
오리 오리 물어 이은
백색의 실오라기외다

길은 말이요
누구나 한번쯤
돌아볼 수 있는 뒷모습이라오

길은
처음과 끝이
영원된 자서전이라는 것을
우리는 압니다

마흔

바람을 불러 모아
만드는 봄

내 맑은 영혼의 웅덩이에
비가 내린다

먹먹한 회색빛 가슴
그늘진 얼굴로

실없이
히죽거리다가

웅크린 새싹처럼
키 발을 딛는다

스무 살 적에
꿈꾸었던 마흔의 나는

빨개진 얼굴로
연신 입김을 불어대며
불꽃을 목구멍에 삼킨다

봄날을 시샘하는
추운 가슴 하나

잠 못 이루고
봄비를 맞고 서있다

강물이고 싶고

나는 언제나 당신의 무엇이 되고 싶다

잘 익어 발그레한 복숭아이고 싶고
가지고 싶은 장난감이고 싶고
마시고 싶은 물이고
넘고 싶은 산이며
빠지고 싶은 강물이고 싶고

그리하여
나는 당신의 전부이고 싶다

그대의 부드러운 눈빛을
내 가슴에 담고 싶고
달콤 쌉싸름한 그대 입술을 내 입술에
가두고 싶고
깊고 넓은 그 가슴속에 나를 던지고
당신의 심장에서
활활 타는 화산이고 싶다

그리하여

당신의 전부가 나이고 싶다

원피스를 입은 그녀

누군가 물었지
"세상 살기 좋아?"
대답을 기다리는 내내
피곤으로 가득한 그녀 두 눈이
깜빡였어 일초에 열두 번은 족히

"때론 그렇지 머 그런 너는 어때?"
되물었지
대답을 기다리는 동안 나는, 일초에
열두 번이나 눈을 깜빡거리고 웃었어

대답대신 연신 따라 웃는
그녀의 빨간 원피스가 살랑거렸어
까르르 하고
가끔씩 사람들은 묻곤 한다지

삶의 어느 골목길을
헤매다
거친 숨을 몰아쉬며
웃음을 지어 보여

평행선을 달리고
다람쥐 쳇바퀴 돌 듯
세상을 견디어
대견스럽게 살아내는 우리들

뜨거운 가슴 하나쯤
숨기고 살아도 좋아

다시 묻는다

가끔씩 불어오는
구월의 새벽바람 휘파람 소리를 낸다

"그러는 넌 어때?"

당신에게 가는 일

한 마리 나비가 날아올랐다 그 빛깔이
하얀색이었다가 노랑이었다가,
어느 틈에는 보랏빛 혹은 짙푸른 밤하늘처럼
그윽했다 바람이 불었다
빗소리를 삼킨 바다 위를 날아오르는 나비가
젖은 날개를, 지친 몸을 그에게로 눕히며 미소 지었다
방금 번데기에서 나온 것처럼 새하얗고 촉촉한,
내가
비로소 자유롭게 날갯짓 하던 날

바다로 가는 이유

그녀는 바다에 가기로 했다

버려야 할 것들을 가지고
버려야 살 수 있는
마음이
길을 떠난 것이다

그녀가 뜨거운 것은
그녀 탓이 아니다

검푸른 크고 작은 멍울들이
쏟아지는
시간마다 색이 다른
바람이 부는 바다

달고 쌉싸름한 안개가
그녀에게 달라붙는다

하나 둘
먼지 털듯 시간을 쏟아내려 애쓴다
가지지 못하는 것들에 대한 지독한 욕망을

그 지독한 사랑을
바다에 힘껏 던지는
가느다란 하얀 팔목

이윽고

그녀의 눈부신 팔목에
작은 어깨에
등허리를 타고 도는
의미들

눈부시다

비기다
— 키스를 부르는

너를 사랑하는 마음은 하늘만큼

아니에요,
당신을 사랑하는 마음은 우주만큼 인 걸요

세상 어느 꽃보다 아름다운 너는

당신을 바라보는 일이
그 어떤 일보다 가치 있다는 걸

그와 그녀는
날마다 싸움을 한다

서로의 칼날을 서로에게
겨누어
힘차게 내려치면

방패도 없이 맞아야 하는
불꽃의 파편들

뜨겁다

사이

밤이 말했어

너는 내게로 걸어 올 거야
은하수 건너
흔들거리는
징검다리
아슬아슬하게
밀려오는 너의 체취
보랏빛 등으로
참
예쁘게
반짝거리며 온다
나의 어둠 속에 편안히
꼼지락거리며
눈부셔
사라져 버릴 내가
머 그리 좋다고
까치발 들어 보이며
내게로 오는 작고 여린 어깨
웃는다

너는 오고
나는 없는데도

섬

문득
작은 섬 하나 발견하다

먼지만한 사람들이 깔깔대는,
노래 소리가
간혹 흐느끼는 소리가 들려

너무 커서
마음에 쓸데없는 것들이 많은
나는
결코 들어 갈 수 없는 섬

보랏빛 태양이 뜨고
생각만 해도
자꾸만 울렁거려

갇히고만 싶은
꼭
나를 가둘 거야

오늘도
그녀의 발톱엔
환하게
섬 하나가 떠오른다

멈춘 시간

시간이 멈추었어요
좀처럼 움직이지 않아요

불빛을 죄다
상자에다 가두어버렸는데
여전히 너무 밝은
나의 밤

당신이
심장 속에서 자꾸 뛰기만 하네요
쉬지도 않고
여전히 큰소리로

잊었던 당신
마침내 봄은 눈앞에 와있고
큰일이 아닐 수 없네요

아담에게

자, 이제 에덴에 가기로 해요

아직도 내 입안에 남아 있는 금단의 열매
당신의 갈빗대가
가끔씩 나를 괴롭혀요

깊고 따스하면서
차가운 당신의 손은
나의 밤을 지배하니
여전히 나는 당신의 여자예요

몹쓸 그 뱀이 교묘한 시간으로
당신과 나 사이에
흐르고 있어요

어서 배를 띄워요
재빨리 노를 저어요

성스러운 기도문 외워
다시 열린 낙원에

우리
아무도 들이지 말도록 해요

자다

한번은 반듯하게 누워 본다
불 꺼진 빈방
두 눈을 감으면

비로소
들리는 빛의 소리
따스하다 못해 뜨겁다

부끄러움도 잊은 채
옷을 벗었다

뒤척일 때 마다
이불속으로 들어오는
찬 기운이 상쾌하다

깊은 어둠속에서
습관 같은 사랑을 지우고

시간이 조금씩
그대를 베어 삼키면

말라버린 빈 어깨를
나란히 세우고
웅크린 나는
밀린 잠을 잔다

그림자 하나

저녁 모퉁이를 돌아서 가는
그림자 하나
커피향 머금은 그대가 있다

열꽃으로 멀미나는
여름을 베고 누우면

맨발에 전해지는
꿈길

문 열어 놓지 않아
녹슬어버린

그 문으로
그대를 향해 걸어가겠다

참, 바보다

겨울 깊은 밤
혼자 깨어
눈 시린 별을 세다

서러움 참고 견디는
시간,

누가 알아주는 이 없는
텅 빈 가슴에
불빛 밝히어

흐르는 강물 속에
담구면

따스한 물보라 목이 메이고
누구도 사랑하진 않지만

가난한 가슴을 지닌
참 바보 같은 그대

나, 사랑합니다

국화 향기

보고 싶어요
가만 내 옆을 스치고 지나가는
낮은 국화 향기가

당신인가 했어요

서투른 눈인사하는
가을빛 머리카락을 가진
청년의 어색함이

우리의 첫 만남인가 했어요

하늘을 보아요
눈 시리도록 투명한 하늘,
하얗게 쏟아지는
얼굴

나직이 흘러나오는 귀 익은 음악소리
그새 왔나 했어요
당신이 뒷걸음쳐
내게로 다시 왔나 했어요

뒤돌아서면
당신은 없고
나 혼자 서러움을 마셔요

어쩌면 좋아요
보고 싶은 얼굴

엽서

나 바보여서 당신밖에 보이질 않아

샛노란 은행잎 엽서 삼아
노래를 적어요

마주 잡은 짧은 시간
그리움은 바람결에 사라져

다시 숨 쉴 수 있어요

숨바꼭질

가 본 이가 없다고 했어요

그림자마저 숨기고
너무도 잘 살고 있어요

얼굴에 활짝 핀
보조개마저도

도대체 무슨 말씀이냐고
가면을 쓴 바람이
훅
불어요

아무도 가 본 이가 없는 그곳

어쩌면
숨겨놓은 그림자 하나
끄집어내면

얽힌 이야기들을 먹고 사는
그것들이 딸려 나올지 몰라요

쉿!
조심하세요

사월, 봄

내 고요의 무게는
당신이다

체중계 위로
넘쳐버린
봄

버거운 나는,
에스프레소를
마셔보지만

내 맘속 깊이
살이 되어 박힌 당신

결코 뺄 수 없는
그리움의 무게

더욱 더 간절한 오늘,
음악처럼 내리는
꽃비가

밤새도록
나를 또 살찌우겠구나

불교문예 시인선 • 023

제비꽃, 하늘을 날다

©정량미, 2018, Printed in Seoul, Korea

초판 1쇄 인쇄 | 2018년 4월 16일
초판 1쇄 발행 | 2018년 4월 26일

지 은 이 | 정량미
펴 낸 이 | 문혜관
편   집 | 채 들
디 자 인 | 쏠트라인Saltline
펴 낸 곳 | 불교문예출판부

등록번호 | 제312-2005-000016호(2005년 6월 27일)
주   소 | 13656 서울시 서대문구 가좌로 2길 50
전   화 | (02) 308-9520
이 메 일 | bulmoonye@hanmail.net

ISBN : 978-89-97276-27-1

「이 도서의 국립중앙도서관 출판예정도서목록(CIP)은 서지정보유통지원시스템 홈
페이지(http://seoji.nl.go.kr)와 국가자료공동목록시스템(http://www.nl.go.kr/
kolisnet)에서 이용하실 수 있습니다.(CIP제어번호: CIP2018011174)」

* 이 시집은 2018 전라북도와 전북문화관광재단 지역문화예술육성지원사업의 지원을
받아 제작되었습니다.